LIVE JUST DONT EXIST

BY

ISHIKA VERMA

ISBN 978-93-5438-468-4

Published in India 2020 by Pencil

A brand of
One Point Six Technologies Pvt. Ltd.
123, Building J2, Shram Seva Premises,
Wadala Truck Terminal, Wadala (E)
Mumbai 400037, Maharashtra, INDIA
E connect@thepencilapp.com
W www.thepencilapp.com

Author biography

she is ishika verma. she is currently a law student pursuing BA.LLB. she lives life in her own way. she lives in a nuclear family in New Delhi. she expresses her emotions, feelings, experience of her life and her dreams and desires in beautiful way in form of poetries both in hindi and english. she got published some of her work in anthologies. she is also an author of book power of pain and she herself compiled two anthologies name express yourself and words of passion all are available on amazon and notionpress book store. she believes in hope, faith and destiny. can overcome anything.

some of her hbbies are dancing, drawing, painting and do creative works.

TO CONTACT HER

IG- ishikaverma24 & express.out (poetry page)

Contents

Preface

This book contains some poetries both in english and hindi. the poetries is about love, friendship, life experinces, reality of this world, dreams and hopes.

Acknowledgements

This book is dedicated to hope and overcoming past and living your present to the fullest.

1. अधूरी बात

इंतजार की घड़ियां डगमगा रही है,
हमें तुम्हारी यादें सता रही है।
रास्ता है मिलो का,
सफ़र है जिंदगी भर का।
बता कैसे आउ तेरे पास?
जब जाना है अलग राहों के साथ।
आज फिर एक बार अधूरी रह गई वह बात,
काश तू रहता मेरे साथ।
फिर एक बार महसूस होता,
मेरे हाथों में तेरा हाथ।
आज फिर एक बार अधूरी रह गई वह बात।।

2. खुद से प्यार करो ना

कभी कभी खुद के पास जवाब नहीं होता मगर ,
खुद पर भरोसा हो तो मन में फिर सवाल नहीं होता।
बहुत लोग जिंदगी में आते हैं जाते हैं,
मगर कुछ ही इस दिल में जगह बना पाते हैं।
दुनिया में अकेले आए थे अकेले जाओगे,
खुश रहा करो वरना जमाने से बस दुखी पाओगे।
क्यों किसी के बिना रह नहीं सकते हो?
क्या खुद पर इतना विश्वास नहीं रखते हो?
प्यारी करना है तो पहले खुद से करो ना,
आईने में देख कर जोर जोर से हंसो ना।
अनजान लोगों से दिल की बात मत कहो ना,
जैसे तुम चाहते हो वैसे रहो ना।

3. चलो खुद की दुनिया बसाते हैं

छोटा सा सपना है बस मेरा,
घर के आंगन में हो खुशियों का सवेरा।
ना जाने वह मासूमियत कहां खो गई?
पता ही नहीं चला मम्मी की गुड़िया कब बड़ी हो गई?
मां ने सिखाया था गैरों से बच कर रहना,
चाहे कुछ भी हो जाए गलत कभी मत सहना।
दिल लगाकर भी देखा है हमने,
मगर असलियत ही दिखाई है सबने।
पैरों पर अपने खड़ा होना सीख जाओ,
दूसरों से रिश्ता बाद में बनाओ।
चलो ना अपनी खुद की दुनिया बसाते हैं,
आंखों में अपनी चलो कुछ सपने सजाते हैं।
रूठे हुए उस रब को दिल से मनाते हैं,
चलो ना अपनी खुद की दुनिया बस आते हैं।

4. वक्त लगा संभलने में थोड़ा

1 दिन पर दिल के दरवाजे पर दस्तक हुई,
महसूस हुआ जैसे अपना मिल गया कोई।
फिर याद आए वह दिन जो काटे थे तेरे बिन,
तुझे एहसास भी ना था कैसे बीती रात में तारे गिन गिन।
कुछ दिनों के रिश्ते मुझे लगे अपने,
इस वजह से तूने तोड़ दिए मेरे सपने।
बस किस्सा था मेरी जिंदगी का हिस्सा नहीं,
जिसने एक पल भी ना सोचा हा तू है वही।
फिर किसी दिन में किसी मोड़ पर जब मुलाकात होगी,
तुझे एक लफ्ज़ भी मैं ना कहूंगी।
मांगा था बस साथ जिंदगी का सफर,
तूने तो दिल की जरा भी ना ली खबर।
एक पल को फिर भी दे देगा यह दिल माफी,
मगर कैसे भूलूंगी जो भी नाइंसाफी।
हां वक्त लगा समझने में थोड़ा,
मगर फिर ना होगा इस दिल को तुझ पर भरोसा।

5. चलो रंगों से जिंदगी सजाते हैं

खामोशियां बेताब है कुछ कहने को,
आंसू आंखों में तैयार बैठे हैं बहने को।
मगर दिल ने मुस्कुरा कर कहा रहने दो,
जिसे जो कहना है कहने दो।
तुम्हारे सर पर है उस मालिक का हाथ,
तेरी डरने की क्या बात।
आजाद कर लो खुद को दुख की बेड़ियों से,
खो जाओ इस जहां की हसीन वादियों में।
वह जीना भी क्या जीना जिसमें हो हसी ना,
वो जिंदा होगा कैसे जो हंसता हो कभी ना।
चलो रंगों से अपनी जिंदगी सजाते हैं,
खुशी की कोई नई वजह बनाते हैं।
आओ ना बादलों से भी दूर जाते हैं,
मिलकर कुछ हसीन यादें बनाते हैं।
चलो रंगों से अपनी जिंदगी से जाते हैं,
खुशी की कोई नई वजह बनाते हैं।

6. एक दिन पूरा होगा मेरा ख्वाब

जिंदगी ने बहुत कुछ सिखाया है,
इन आंखों ने बहुत कुछ दिखाया है।
दिल ने काफी कुछ गवाया है,
मगर दिमाग से बहुत कुछ पाया है।
अंधेरे में रहकर उजाला हमें भाया है,
ना जाने कौन कहेगा तू मेरा साया है।
हजार दफा कदमों को रोका है मैंने,
मगर फिर भी अब लगा है मन क्या कहने।
आजाद पंछी की तरह उड़ जा गगन में,
चलना है अब संग संग पवन के।
हंसते गाते तय करना है जिंदगी का सफर,
साथ निभाने वाला हो बस एक हमसफर।
क्यों जो हो गया उसे भूल नहीं सकते,
आजकल तो लोग दगा करके भी खबर नहीं रखते।
छोड़ो यह सब बातें पुरानी,
सुनाती हूं तुम्हें नई कहानी।
रोते रोते हंसना सीख जनाब,
ढूंढो इस कायनात में अपना जवाब।
हां एक दिन पूरा होगा मेरा यह ख्वाब।।

7. मैं आज भी वही हूं

जिस्म की चाह रखने वाले यहां हजार है,
साहब यह प्यार के सौदागर का बाजार है।
सुनेगा क्या कोई मेरे दिल की क्या पुकार है।
बरसों से देखा है मैंने यह सपना,
फूलों के शहर में हो घर अपना।
हां तू है वही जिसने प्यार करना सिखाया,
और तू ही है वह जिसने मेरी रूह को रुलाया।
तूने ही तो कहा था मतलबी है यहां सभी,
मगर वक्त का सितम देखो तू है कहां अभी।
तूने भी तो बीच राह में मुंह मोड़ लिया,
तूने भी तो बाकियों की तरह दिल तोड़ दिया।
चैन से सोना जैसे भूल ही गई हूं,
बेचैन सी में यहां वहां घूम रही हूं।
मां जिसने तुझ पर भरोसा किया,
मैं आज भी वही हूं मैं आज भी वही हूं।
चैन से सोना जैसे भूल ही गई हूं,
बेचैन सी मैं यहां वहां घूम रही हूं।

8. घर वापस आ जाओ ना मामा

आज तुम्हें गए 1 साल हो गया मामा,
मगर एक भी दिन दिल से तुम्हारा ख्याल गया ना।
तुम ही तो थे जिसने घर जोड़ कर रखा था,
तुम्हारे साथ हर दिन लगता अच्छा था।
उंगली पकड़कर चलना फिर से सिखा दो ना,
अपना पता मुझे बता दो ना।
आंखें आज भी नम है,
तुम्हारे जाने का आज भी गम है।
हंसता खेलता परिवार फिर से बना दो ना,
अपना पता मुझे बता दो ना।
अब तक किस दुनिया की असलियत से तुमने बचा कर रखा था मुझे,
आप यह दुनिया कहती है कौन प्यार करेगा तुझे।
ना जाने कहां जाकर तुम सो गए हो,
इन हवाओं में कहां खो गए हो?
तारों में तुम्हारा चेहरा चमकता है,
तुम्हारा आशीर्वाद पाने को दिल तड़पता है।
बाप का फर्ज भी तो तुमने ही अदा किया था ना,
कभी साथ छोड़कर नहीं जाओगे तुमने ही कहा था ना।
खुद से ज्यादा हमारी परवाह करते थे,
हमारे लिए तुम सब से लड़ा करते थे
भगवान तो नहीं देखा मैंने आज तक कभी,
मगर तुम मेरे भगवान थे जानते थे सभी।
कामयाब होने का हौसला कौन देगा अब,
क्या साथ देगा मेरा तुम्हारा यह रब।
हर दिन का हाल नहीं पूछता है अब कोई,
ना जाने मां आज फिर तुम्हारी तस्वीर देखी हूं रोई।
तुम्हारी कमी खलती है रोज,
सीने पर बढ़ गया है एक और बोझ।
घर वापस आ जाओ ना मामा,

घर वापस आ जाओ ना ,
अपनी रानी बिटिया को सपना देखना फिर से सिखाओ ना।।

9. तुम ही हो दिल के पास यार

साथ घूमते हैं साथ हंसते हैं,
मुश्किलों में गले भी लगते हैं।
सही राह पर चलना सिखाते हैं,
हां कभी-कभी नखरा भी दिखाते हैं।
आंख बंद करके भरोसा है तुम सब पर,
सारी मुश्किलें झेल लेंगे हम मिलकर।
वह एक दूसरे की टांग खींचने से लेकर,
एक दूसरे के लिए लड़ जाना।
जरूरत पड़ने पर दौड़ कराना,
और घर पर बहाना बनाना।
हां तुम ही तो हो दिल के पास यार,
कभी कहा नहीं मगर तुमसे है बेशुमार प्यार।
जिंदगी में कोई आए या जाए फर्क नहीं पड़ता,
बस तुम कभी ना कहना मैं इस से वास्ता नहीं रखता।
हम सब मिलकर सब ठीक कर लेंगे,
जिंदगी भर यूं ही साथ रहेंगे।
हां तुम ही तो हो दिल के पास यार,
कभी कहा नहीं मगर तुमसे है बेशुमार प्यार।

10. उनसे मिले आज 1 बरस हो गया

दो तरफा इश्क आज एक तरफा हो गया,
उनसे मिले आज 1 बरस हो गया।
हाल नहीं पूछता है वह मेरा,
उसके बिना भी रोज होता है सवेरा।
रात को आंखें यहां वहां भटकती है,
हर पल खामोशियां परेशान करती है।
ऐसा लगता था जैसे पूरा हो रहा था हर एक सपना,
मगर तूने तो कभी समझा ही नहीं अपना।
हां तकलीफ होती है आज भी यह सोच कर,
क्या मिला तुझे वादे अधूरे छोड़कर।
दिल मुस्कुराना सीख रहा है फिर से,
खुशियां ढूंढ रहा है हक से।
राहों में बहुत अंधेरा है आज,
कहीं गुमसुम हो भाई के सब काम काज।
चांद को निहारा करते थे जो कभी,
ना जाने कहां है उनकी नजरें अभी।
दिल दुखाने की अगर कोई कानूनी सजा होती,
तो आजा आधी से ज्यादा दुनिया सलाखों के पीछे होती।।

11. मेरी धड़कन तो यहां है मगर दिल कहां है

लोगों के बीच बैठी हूं फिर भी तन्हा लगता है,
आंखों में आंसू है फिर भी हंसना पड़ता है।
रात दिन का होश नहीं,
क्या गलत क्या सही।
कभी मन करता है आसमां को छू लूं,
तो कभी मन करता है सब छोड़कर बस रो लूं।
यूं ही बस जिंदगी बीत ना जाए कहीं,
मैं ना रह जाऊं वही के वही।
आगे बढ़ने का हौसला लाती हूं हर पल,
मगर डरती हूं क्या हो जाए ना जाने कल।
जिंदा हुई है उस रब की मेहरबानी,
किस से जाकर कहूं अपनी मुंह जुबानी।
हां किसी चीज की कमी नहीं है आज भी,
किसी के एहसानों कि मैं मोहताज नहीं।
फिर भी ना जाने कदम डगमगा से जाते हैं,
क्यों फिर भी मन में गलत ख्याल आते हैं।
लोगों पर भरोसा नहीं कर पा रही हूं,
ना जाने मैं किस ओर जा रही हूं।
दिल टूट ना जाए फिर यह डर लगता है,
यहां तो हर कोई मतलब रखता है।
खो जाने दो ना मुझे आज फिर कही,
मुझे खुश रहने दो और कुछ नहीं।
सोच सोच कर दिमाग उब सा गया है,
मेरी धड़कन तो यहां है मगर दिल कहां है?
पंछियों को देख मन बहलाती हूं,
दुनिया से बचने के लिए मैं रोज सो जाती हूं।
जीने दो खुलकर हंसने दो ना आज,
सीने में दफन है आज भी कई राज।

कैसे कहूं कैसे कहूं कुछ नहीं पता,
साईनाथ मेरे सवालों का कुछ तो जवाब बता।

12. फरिश्ता बनकर आए हो ज़िन्दगी मे

देर से ही सही मगर तुम मिले तो होना,
क्या है ये क्यों है ये कुछ तो कहो ना?
मेरी कदर करते हो,
मेरे बिना कहे सब समझते हो ||
मुझे हसाते हो, सही गलत बताते हो ||
नाज़ाने अबतक कहा थे गुम,
छोड़ो अब तोह मिल गए हम ||
ऐसा लगता है गेरों में कोई अपना मिल गया,
दिल जो बेचैन था जैसे ठहर सा गया ||
तुमसे मिले बेशक कुछ महीने हुए है,
मगर दिल कहता है जैसे सदियों से ये है ||
दिल की दहलीज़ पर कदम जबसे रखा है,
तुमसे बातें करना अच्छा लगता है ||
अपने दिल की बात तुम मुझसे करते हो,
अच्छा लगता है तुम मुझे अपना समझते हो ||
आजतक मिली नहीं हूं तुमसे कभी,
मगर दिल चाहता है कुछ कहना अभी ||
जैसे हो ऐसे ही रहना,
कभी अलविदा मत कहना ||
पसंद से लेकर खयाल तक सब एक जैसे है,
मुझे नहीं पता कि यह सब कैसे है?
जिस दिन रूबरू हम मिलेंगे,
एक दूसरे से ढेर सारी बातें करेंगे ||
फरिश्ता बनकर आए हो जैसे ज़िन्दगी मे मेरी,
दुआ करती हूं दोस्ती हो हमारी और भी गहरी ||
वक़्त के साथ नाजने हम कहा पहुंच जाए,
क्या पता यूहीं मुस्कुराते हुए संभल जाए ||
खुश होते हो तो गाना गाकर सुनाते हो,

थोड़े अजीब हो मगर दिल को सुकून पहुंचाते हो ||

13. कैसे वापिस आएगी कटी हुई पतंग

अपनी रूह में पनाह किसी को मत देना,
जबतक वो तुमसे दिल से इकरार करेना ||
लाखों बैठे हैं इस दुनिया में दर्द देने को,
उस दर्द की दवा देने कि बजाए कहते हैं इसे अकेले रहने दो ||
भरोसा इतनी बार टूट चुका हैं अब मेरा,
अंधेरो ने चारों ओर से कुछ इस क़दर घेरा ||
रोते रोते हँसना सिख लिया मैंने,
यहाँ तो अपनो के ही क्या केहने ||
जब भी किसी की ज़िंदगी से जुड़ना चाहती थी,
आख़िर में खुद्को जैसे डूबता हुआ पाती थी ||
अतीत के पन्ने आज भी आँखों के आगे आते हैं,
लोग आते है और दुख देकर चले जाते हैं ||
ना चाहते हुए भी मैं बदल रही हूँ,
किसी से दिल लगाने की सज़ा मैं आज भी भुगत रही हूँ ||
ज़िंदा होते हुए तकलीफ़ और दुखों से भर दिया हैं,
अनजाने में ही सही मगर दुनिया ने यह क्या कर दिया हैं ||
रात को नींद जैसे लुका छुप्पी खेलती हैं मेरे संग,
कैसे वापिस आएगी नाजाने अब कटी हुई पतंग?
लोगों की फ़ितरत हैं पल में बदल जाना,
और उमीद हमसे रखते है कि सम्भल जाना ||
किसी को जब खुदसे जोड़ लिया तो अब उसे कैसे छोड सकती हूँ?
हाँ बीच राह में साथ छोड़ दिया तुमने मगर मैं आज भी तड़पती हूँ ||
दिल के टुकड़े हज़ार कर दिए है इन्हें समेटूँ कैसे?
जुड़ने की उमीद तक नहि रही अब जैसे ||
खो चुकी हूँ खुद्को नाजाने किन रास्तों में,
फिर रही हूँ बेहाल होकर आज भी तेरे वासतों में ||
नाजाने कब इस काफिरे दिल को ठिकाना मिलेगा,
ओ बावरे मन कब तक तू चुप रहेगा?
करके कोई बहाना मुझे ढूँढकर वापिस लाना,

क़ाबू खदपे अब ज़रा भी मुझे रहा ना ||
आँसू देने की बजाए होठों पर मुस्कान नहि ला सकते,
तो माफ़ करना तुम मुझपे हक़ नहि रखते ||
दिल तोड़ने की कुछ इस तरह सज़ा दूँगी,
तुम्हारा नाम तक मैं भुला दूँगी ||
प्यार तो था वो प्यार हि हैं अब और प्यार हमेशा हि रहेगा
तू हमेशा मेरे दिल मैं हि रहेगा
मगर दिल तुझे कभी माफ़ ना करेगा ||

14. तकदीर पर भरोसा है मुझे

आज तुम्हारा है तो कल हमारा होजाएगा,
वक़्त ही तो है जनाब बदल जाएगा ||
ज़िन्दगी बहुत खूबसूरत है सुनलो आज तुम,
जीलो इसे आगे बढ़के मत होजाना कहीं गुम ||
जिसे निभाना होता है वो हज़ार गलतियां भी माफ करदेगा,
और जिसे जाना होता है वो बिना गलती के भी साथ छोड़ देगा ||
ये दुनिया फरेब से भरी है,
उसकी है यह जिसकी जेब भरी है ||
लोगो को खुदसे ऊपर कभी तुम ना रखना यार,
इंसानों ने बना दिया है इंसानियत का कारोबार ||
जिसम से लिपटने को इश्क़ का नाम देते है ये लोग,
नाजाने कैसे बताऊं इन्हे दिल दुखाना है एक रोग ||
सुना है घूम फिरके करम वापिस ज़रूर आते है,
चिंता मत करो आखिर मै सब भगवान को प्यारे होजाते है ||
जो तुम्हे दो पल का सुकून नहीं दे सकते,
तुम उन्हें दिल मै क्यू हो रखते?
जाने दो ना जिसे जाना है,
तुमसे दूर जाने का ये उनका बहाना है ||
नाजाने एक बार जो महसूस कर लिया वो कैसे खत्म होजाता है,
अगले ही दिन वो किसी और की आंखों में खोजाता है ||
वो तुम ही तोह थे जो बार बार पास आने को तरसते थे,
क्या वो बातें झूठी थी जो तुम किया करते थे?
कुछ नहीं होता आज निगाहें फेरलो मुझसे,
इंतज़ार में थी मै तेरे नाजाने कबसे?
गलती हमारी थी कि तुम्हारी पता नहीं,
मगर कहानी तो हमारी थी इसलिए मै साथ रही ||
अफसोस होता है सोचके क्यू मैने किसी को अपना बनाया,
वफा करके भी मैने आखिर मै बस सब गवाया ||

वादा किया था मैने कभी साथ नहीं छोड़ुंगी,
आज भी कभी मेरी ज़रूरत होगी तो मै मुंह नहीं मोडुंगी ||
ज़िन्दगी इस मोड़ पर छोड़ गई है, आगे का रास्ता केसा होगा पता नहीं?
मगर तकदीर पर भरोसा है मुझे जो भी लिखा होगा वो होगा सही ||

15. वक़्त के साथ सब ठीक होजाएगा

आधी आधी रात को नींद खुल जाती है मेरी,
जब जब याद सिरहाने तक चलकर आती है तेरी ||
टूट जाती है फिर मेरी वो आस,
क्योंकी तू नहीं होता मेरे पास ||
जिन्हे परिवार का हिस्सा बनाने हम निकले थे,
उनकी गलतियां माफ करने के लिए हम पिघले थे ||
फिर भी हमारी आंखों मै वो जुनून उन्हें नहीं दिखा,
हमने तोह सिर्फ उनका नाम ही इस दिल पे था लिखा ||
उनको पाने के लिए आत्मा समान भी हम खो बठे,
मेरी ज़िन्दगी मै दखल ना दो हमसे वो थे कहते ||
छोड़ दिया उनकी खुशी के लिए हमने उनको,
मोहब्बत करली थी उनसे कदर भी नहीं थी जिनको ||
एहमियत का एहसास भी नहीं था उनको हमारी,
हमें तो थी बस उन्हें खुश देखने की बीमारी ||
समझ ना सका वो कभी मेरे दिल को,
वरना जाते जाते केहता ज़रुर ज़रा रुको ||
ज़िन्दगी भर का गम दे गया वो ख़ुदग़र्ज़,
अपना बना लेना उसने सोचा ही नहीं अपना फ़र्ज़ ||
वक़्त के साथ सब ठीक होजाएगा कहते है सब,
केसे मानलु बात उनकी कुछ जानते हि नही वो जब?
छोड़ दिया है मैने अब अपने हाल पे ज़िन्दगी को,
जी रही हूं तन्हा होके हर लम्हे को ||
क्या मन मै था कभी उसने मुझे ना कहा,
वो तो बस गेरो को अपना समझता रहा ||
सोचती हूं हर दिन काश तू कभी ज़िन्दगी मेआया ही ना होता,
फिर तुझे खोने का दर्द हर पल महसूस ही ना होता ||
दिल मै मेरे जो तेरी जगह है वो किसी को ना दूंगी,
तू मेरा ना था मगर मै हमेशा तेरी ही रहूंगी ||
किसी के प्यार के लिए गिड़गिड़ाना पड़े मुझे अब मंज़ूर नहीं,

आगे बढ़ने से अब मुझे कोई रोक सके ऐसी को ज़ंजीर नहीं ||
रोज़ तेरे नाम का खत लिख कर उसे खुद ही पढ़ती हूं,
झूट नहीं बोलूंगी मै तुझसे आज भी बेइंतहा मोहब्बत करती हूं ||

16. आँखें मेरी राह तकती हैं आज भी

शब्द नहि बचे अब बयान करने को,
रूह जैसे कह रही हैं मुझे चैन से मरने दो।।
क्या ग़लत है क्या सही है होश नहि अब,
नाजाने कैसे कब ठीक होगा सब।।
रोना आता है रोज़ बेबसी देख कर खुद्की,
नीयत में भी खोट लगता है अब मुझे सबकी।।
कोई यहाँ अपना नहि होता जानती हूँ मैं,
मगर फिर भी क्यू उन्हें अपना मानती हूँ मैं।।
गले से लगालो क्या पता कल हम ना रहे,
फिर मोका मिले ना मिले दिल बस ये कहे।।
पछतावा बाद में करके कोई फ़ायदा नहि,
जो तुम्हारी कदर करते है वो है आज भी वही।।
किसी की रूह को इतना दुख कभी मत देना,
आख़री पल में ज़िंदगी के तुम्हें जो पड़े सहना।।
मुझे बंधन म बांधलो ना किसी ऐसे ,
सब छोड़ खोजाऊ आँखों में तुम्हारी मैं जैसे।।
थाम लो ना मेरा ये हाथ तुम एक बार,
मेरी सूनी ज़िंदगी को तुम दोना सवार।।
अगर मुझसे दिल की बात कहने से डरते हो,
याद कर लेना की तुम मुझपे भरोसा रखते हो।।
कभी मन करता है दौड़ कर तेरे पास अजाऊ,
मगर फिर सोचती हूँ कही मैं खो ना जाऊ।।
काँटो भरे रास्ते में तेरे लिए फूल बिछा देंगे,
मगर तुझसे अब दिल की बात नहि कहेंगे।।
भूली नहि हूँ आज भी जो ठोकर तूने मारी थी,
तेरा प्यार पाने को मैं खुदसे हि हारी थी।।
यादों का सिलसिला रोज़ ज़ैसे बढ़ रहा हैं,
मैं आज भी यहाँ हूँ मगर तू कहा हैं?
आँखें मेरी राह तकती हैं नाजाने क्यू आज भी तेरी ,

जबकि तूने तो कभी मुड़कर ख़बर भी ना ली मेरी।

17. तू मेरी जिंदगी का हिस्सा है यही इबादत है

बच्चों की भीड़ में मिला था मुझे सबसे पहले,
दोस्ती का हाथ बढ़ा कर उसने कहा जा साथ रहले।
जब ढंग से पेंसिल भी पकड़ना नहीं आता था,
मेरा दोस्त मेरे साथ रोज रहता था।
हां थोड़ा तेढ़ा है,
मगर क्या करूं दोस्तों मेरा है।
16 साल का सफर तय कर लिया साथ हमने,
मगर आज भी तुझे देख कर मुंह से निकलता है चल बे।
बचपन में मुझसे काफी लड़ा करता था,
मगर यह पागल दोस्ती पर जान छिड़कता था।
मुझे गलत चीज करने से रोकता है आज भी,
क्या हमारी दोस्ती के लिए बना होगा कोई ताज भी।
बाल खींच कर मुझको यह बचपन में रुलाता था,
फिर कान पकड़ कर मुझको यही तो मनाता था।
घर से लेकर हर जगह अक्सर साथ जाना होता था,
यह लड़का पढ़ते-पढ़ते स्कूल में रोज सोता था।
Lkg से लेकर 12th तक एक क्लास में था मेरे साथ,
और आज भी बनाता है यह बेकार की बात,
तारीफ क्या करूं वैसे इतना नहीं है यह कुछ खास,
मदारी है जो हर बार सुनता है मेरी आवाज।
हां बकबक करना मेरी आदत है,
तू मेरी जिंदगी का हिस्सा है यही इबादत है।
अनोखा रिश्ता है हमारा शब्द कम पड़ जाएंगे,
अगर हम तुम्हें हमारी मस्तियां सुनाएंगे।
आज भी एक पुकार में दौड़ा चला आता है,
मुझे यह अपना खास दोस्त बताता है।
एक दूसरे की ढाल बनकर हम हैं खड़े,
फर्क नहीं पड़ता दुनिया सड़े तो सड़े।
इसके साथ महफूज हूं जानती हूं मैं,

इसे अपने परिवार का हिस्सा मानती हूं मैं।
काफी लोग जिंदगी में दुख देकर चले गए,
मगर हम एक दूसरे के साथ हैं इसीलिए हर बार सवर गए।
चलो छोड़ो बेकार की बातें,
हम तो आज भी कसमे वादे हैं निभाते।
बिना बोले एक दूसरे के दिल का हाल जान लेते हैं,
लगता है जैसे बरसों से एक दूसरे के दिल में रहते हैं।
उड़ान बिना पंखों के साथ हम भरेंगे,
मेरा पीछा यह छोड़ेगा नहीं इसलिए साथ ही मरेंगे।

18. बचपन

बचपन जिंदगी का एक ऐसा दौर ,
जहां थी बस खुशियां और ढेर सारा शोर।
मां की डांट आज भी लुभाती है,
बचपन की वह गलियां आज भी याद आती है।
छोटी छोटी चीजों में खुशी ढूंढ लेना,
और किसी से कुछ भी कह देना।
चेहरे की वह मासूमियत कितनी प्यारी थी,
और और जब वह भी तो हमारी थी।
वह बात बात पर जिद पकड़ लेना,
और मां के आंचल से बेवजह बंधे रहना।
वह दुनिया से कुछ मतलब ना रखना,
और सब को अपना समझना।
वह बेसुध होकर दौड़ना,
और अपने भाई बहनों से लड़ना।
मेरा बचपन मुझे लौटा दो ना कोई,
दुनिया से हार कर मैं हूं आज तक बस रोई।

19. अब मुझे धारा कौन बुलाएगा

ऐसा लगता है जैसे भगवान मुंह मोड़ कर बैठा है,
जिंदगी से मेरे अपनों को दूर करके ना जाने कैसे शांत रहता है।
ऐसा लग रहा है जैसे सब खत्म हो रहा है,
दिल के अंदर जैसे कोई गहरा जख्म हो रहा है।
बातें दिमाग के ऊपर से जा रही है,
उम्मीद जैसे सारी टूट सी गई है।
क्यों इतना निर्दई हो रहा है तू भगवान,
क्यों कर रहा है तू दूर अच्छे इंसान।
क्यों छीन लिया तूने दो मासूम जान के सर से उनके बाप का हाथ,
चाहता क्या है तू कर मुझसे कुछ बात।
विश्वास चूर चूर हो रहा है हर पल,
दिमाग कह रहा है मत डर तू संभल।
जैसे ही संभलने जाती हूं,
अपनों को खुद से दूर पाती हूं।
मेरे मामा का क्या दोष था बता दो मुझे,
परिवार उथल-पुथल करके क्या मिल गया तुझे।
अब मुझे धारा कौन बुलाएगा?
अपने साथ बिठाकर खाना कौन खिलाएगा।
यह दुनिया गोल है मुझे भी पता है,
इसमें झोल है यह भी मुझे पता है।
क्यों रोज रोज मेरी परीक्षा क्यों ले रहा है,
दुख मुझे भीक्षा में क्यों दे रहा है।
कैसे खुद को तैयार करूं फिर एक बार,
कैसे मेरे भाइयों की दो मैं जिंदगी सवार।
अब हार गई हूं मैं जमाने से,
क्या मिल जाता है इज्जत कमाने से?
मेरे अपने मुझे वापिस लौटा सकते हो?
नहीं ना फिर क्यों इंसानों खुद पर घमंड रखते हो।
जितना तुमने मुझसे छीना है ना भगवान,

देखना दुगना वसु लूंगी मैं हक से अपना सम्मान।
अब कदम रुकेंगे नहीं देख लेना,
अब नजरे झुकेंगे नहीं बेशक सह लेना।

20. गुजारिश

तुमसे एक गुजारिश है कि जिंदगी में फिर आना तो जिंदगी भर साथ निभाना,
फिर एक बार दूर जाने का तुम बहाना मत बनाना।
हाथ थामना तो इस कदर कि कभी छूटे ना,
गले से लगाना तो इस कदर की दिल कभी टूटे ना।
हां इंसान बदलते हैं और छोड़ कर चले जाते हैं,
मगर यह समझ नहीं आता जिंदगी में फिर क्यों आते हैं।
एक बार पहले बदल गए और अब कहते हैं मैं खुद को बदल नहीं सकता,
तुम ही बता दो मुझे यह कैसे नहीं हो सकता।
अच्छा छोड़ो सब पुरानी बातें,
क्यों उन्हें याद करना जिनकी यादें आज भी है सताते।
देखो यह जिंदगी का उसूल है वक्त के साथ बदलना हर इंसान को पड़ता है,
मगर रिश्तो को तोड़ देने से खुदी को सहना पड़ता है।
पसंद हजार लोग आएंगे मगर प्यार किसी एक से होता है,
और जब वही एक कदर ना करे तो तकलीफ से दिल रोता है।
प्यार छोटा सा शब्द है कहने को,
मगर लाखों तैयार बैठे हैं इस में बहने को।
बहुत कह रहा है एहसास होता है प्यार,
मत करो ना इसे तुम बेकार।
जरूरत किसी को किसी की नहीं होती सब इतने काबिल हैं यहां,
मगर जब किसी को अपना हिस्सा बना लिया तो फीका लगता है उसके आगे यह खूबसूरत जहां।
मुझे नहीं पता वक्त के साथ प्यार खत्म कैसे हो जाता है,
वह ऐसा जो दिल से था वह कैसे खो जाता है।
वैसे किसी के पीछे भागने से कोई फायदा नहीं,
जो तुम्हारी जिंदगी में आएगा वह होगा तुम्हारे लिए बिल्कुल सही।
मगर फिर भी एक बार जो दिल में किसी को जगह दे दी उसे कैसे किसी और को दे दूं?
ऐसा क्या करूं बता दो मुझे तुम जो समझ जाओ ऐसा क्या मैं तुम्हें कह दूं।
उम्मीदों का जहाज अब डूब गया है जैसे मान लो,

दिल की डोर जोड़ चुकी हूं तुमसे अब तो यह जान लो।
इंतजार मगर फिर भी रहेगा तुम्हारा,
जब तक तुझे खुद एहसास ना हो हमारा।
तुमसे एक गुजारिश है कि जिंदगी में फिर आना,
तो जिंदगी भर का साथ निभाना।।

21. आखिर मैं हूं कौन

सही गलत में फर्क करना मैं भूल गई हूं,
इन हवाओं के संग जैसे मैं रोज बदल रही हूं।
देखो ना आइना कैसे असलियत से वाकिफ कराता है,
मगर फिर भी मेरे दिल में क्या है नहीं बताता है।
बेपरवाह हो चुकी हूं मैं सब छोड़कर,
अंदर से उम्मीद जगाओ ना कुछ बोल कर।
ले चलो ना मुझे अपने साथ कहीं,
हम जाए फिर यह कायनात वही के वही।
यह मैं हूं कि मेरे जैसा कोई और,
शांति में भी सुनाई देता है शोर।
मेरा दिल क्या चाहता है कैसे पता लगाऊं,
मेरे बिखरे हुए सपनों को कैसे फिर सजाऊं।
जिंदगी जैसे रोज एक नई धुन पर नाच आ रही है,
मुझे जीने का सलीका हर पल बता रही है।
फिर भी ना जाने कहां गुमसुम बैठी है वह,
कुछ समझ नहीं आता क्या कहती है वह।
गिरते पड़ते संभलना खुद ब खुद आ जाएगा,
कहती है यादों में बस एहसास रह जाएगा।
पागलपन मेरा कह रहा है परिंदे सी उड़ती फिरू,
रोज में खुद को सवार हूं और जिंदगी से जुड़ती फिर हूं।
कोशिश करना आज भी नहीं छोड़ा है मैंने,
दुनिया बेशक कहती रहे इसके क्या कहने।
हां थोड़ी जिद्दी हूं और थोड़ी अजीब थी,
आत्मसम्मान पर बात आए तो भूल जाऊंगी तहजीब भी।
खुद से पूछती हूं आखिर मैं हूं कौन?
फिर कहीं से एक आवाज आती है तू है एक आम इंसान ,
जिसे अपनी मेहनत से बनना है महान।

22. अनकही बातें

ऐसा लग रहा है जैसे सब बिखर रहा है,
किसी को किसी की जैसे फिक्र कहां है।
अपनों आपका दुख देखकर उसे अपने सर ले लेने का दिल करता है,
मगर यहां तो जैसे कोई किसी पर भरोसा ही नहीं रखता है।
जैसे कोई काला जादू छाया हो जिंदगी में हमारी,
क्या मिल जाएगा किसी को खुशियां छीन कर हमारी।
क्या करूं कैसे करूं किससे कहूं नहीं खबर,
ना जाने यह कैसी मुसीबत है यह कैसा असर।
सर का दर्द रोज बढ़ता जा रहा है,
पता नहीं दिल क्या कह रहा है।
गिने-चुने अपनों का बस सहारा है,
मगर अब डर बैठ गया कि वह भी चले गए तो जिंदगी बेसहारा है।
कुछ अजीब सी बेचैनी बैठ गई है जैसे मन में,
अचानक कभी भी घबराहट होने लगती है तन बदन में।
कभी-कभी मन करता है कोई आकर गले से लगाकर बाहों में ही रहने दे,
कई रातों से जो नींद नहीं आई उस कुछ पल में मुझे वह सो जाने दे।
मगर फिर असलियत से सामना होता है,
यहां कोई किसी का नहीं होता है।

23. मत उछाल तू इज्जत नारी की

इंसान क्यों इज्जत उछाल रहा है तू नारी की,
कदर कर उस दर्द में जूझ रही बेचारी की।
अपनी परवरिश को क्यों कर रहा है तू जलील,
भूल मत तू अपनी मां की सिखाई हुई तमीज।
बचपन से ही लड़कियों को घर संभालना सिखा देते हो,
बेटों को क्यों तुम कुछ नहीं कहते हो।
औलाद तो दोनों ही तुम्हारी है ना,
सेल दोनों को बराबर का काम क्यों नहीं सिखाना।
दूसरों की बेटी मां बहन पर गंदी नखरे क्यों डालते हो,
क्यों तुम इंसानियत का नाम हर पल डूब आते हो।
इंसाफ वह क्या होता है नहीं जानता आजकल कोई,
वह नारी कोने में बैठ कर फूट फूट कर रोई।
एक तरफ मां शेरावाली का रूप बताते हो,
और दूसरी और इज्जत से खेल कर उसे सताते हो।
पैरों की जूती समझकर उसे दबाते हो तुम,
ऐसे तो जनाब हैवान से नहीं हो तुम कम।
कपड़ों से उसकी पहचान करते हो,
एहसान करके अपनी सोच अपने पास क्यों नहीं रखते हो।
दिल और दिमाग भगवान ने सबको दिया है,
वह तुम पर निर्भर है तुमने उसका इस्तेमाल कैसे किया है।
अपनी बेटी बहन को पर्दों में कैद कर कर रखना चाहते हो,
और दूसरों की बेटी बहनों को तुम माल कहते हो।
घटिया काम करके भगवान से नजरें मिलाते हो,
कैसे तुम अपना घटिया पन खुद सहते हो।
मजबूर ना कर नारी को मां काली बनने पर,
मत ले तू इम्तिहान उसका मत तोड़ दूं उसका सबर।
मां की कोख में ही तुम उसकी हत्या कर देते हो,
याद रखना एक एक हिसाब लेगा वह जिससे अल्लाह या भगवान तुम कहते हो ।
क्यों बेटियां घर की मुखिया नहीं बन सकती,

क्या कहना चाहते हो वह इतनी काबिलियत नहीं रखती?
समाज का नियम जरूर टूटेगा,
तब इस गंदी सोच का असर छूटेगा।
अब इंतकाम पूरा लिया जाएगा,
कोई निगाहें उठाकर देख तक नहीं पाएगा।
हिम्मत हौसला और जुनून अब कुछ इस कदर रंग लाएगा,
जो जैसे कर्म करेगा वह उसी वक्त उसकी सजा पाएगा।।

24. शायद

काश जिंदगी में कुछ चीजें हुई ही ना होती,
शायद फिर वह बेफिक्र मुस्कान जो थीना खोती।
शायद दिल पहले जैसा ही खुशनुमा होता,
बेवजह कोई यहां दर्द के आंसू ना रोता,
शायद जिंदगी आज कुछ और मोड़ पर ले आती।
बेवजह यह बेचैनियां हमें ना सताती,
शायद आज लोगों पर भरोसा कर पाते।
अगर कुछ चीजों को जिंदगी में ना लाते,
शायद हम हम ना होते कुछ और बन जाते,
खुद को पाकर सुकून से सपने सजाते।
मगर इस शायद के चक्कर में आज तो नहीं भूलते,
दिमाग से निकाल कर हम क्यों नहीं संभलते।
कोशिश जो करी थी किसी और के लिए,
एक बार खुद के लिए करिए।
शायद फिर तुम उस चीज से बाहर निकल पाओ,
अपनों की पहचान करके उन्हें दिल से लगाओ।
इतना आसान नहीं होता सोचना और वही करना,
जिंदगी जीना खुशी से बेहतर है या मरना।
भरोसा करके या तो कोई अपना हो जाता है,
या फिर कोई सबक दे जाता है उसका क्या जाता है।
शायद एक उम्मीद जगा हो तो फिर सब हसीन हो जाए,
क्या पता इस बार खुद से जुड़कर तुम ना खो जाओ।

25. अपना पता

न जाने क्यों आज भी जैसे अजीब लगता है कुछ,
सोचती हूं क्यों वक्त लग गया जानने में सच।
क्या मैं बाकियों जैसी ही हूं या हूं कुछ अलग,
कभी कभी खुद पर ही करती हूं मैं शक।
जिंदगी बहुत हसीन है ऐसा दिखाती हूं जरूर,
फिर भी खुश नहीं हूं ऐसा क्या है मेरा कसूर।
अंधेरे में जीते हुए उजाले से दोस्ती करती हूं,
डर लगता है जब भी दूसरों की फ़िक्र करती हूं।
खो जाना चाहती हूं जैसे कहीं बेनाम होकर,
दिल को अभी भी दुख आती हूं बीती बातें सोच कर।
ऐसा लगता है समुद्र के बीच में किनारा ढूंढ रही हूं,
आज भी यकीन ही नहीं होता क्या मैं कोई और बन रही हूं।
तकदीर के पन्ने को बदल नहीं सकती हूं,
जैसे खुद से उम्मीद भी नहीं रखती हूं।
साया जैसे शरीर का साथ छोड़ रहा है,
अंदर ही अंदर कोई जैसे निचोड़ रहा है।
क्या अपना पता कभी वापस मिल पाएगा,
या फिर यूं ही दुख दिल में भरा रह जाएगा।
हटना चाहती हूं फिर एक बार बेफिक्र होकर,
जीना चाहती हूं फिर एक बार सब छोड़कर।

26. क्या कभी पूरा होगा मेरा यह सफर

गलतियां दोहराना मतलब उस दलदल में दोबारा डूब जाना,
एक नई उम्मीद के साथ आगे बढ़ना मतलब सपने सजाना।
कभी-कभी मैं खुद को ही नहीं समझ पाती हूं,
ना जाने मैं जिंदगी से क्या चाहती हूं?
जिंदगी में बदलाव आना आम बात है,
मगर क्या करूं नहीं मानते मेरे जज्बात हैं।
किस्मत का लिखा तो हम नहीं मोड़ सकते हैं,
इसीलिए शायद हम आज तक है भटकते हैं।
लगता है जैसे सुकून लेकर जिंदगी में कोई दोबारा आ जाएगा,
ना जाने क्यों डर लगता है कि यह मन फिर से तन्हा रह जाएगा।
कोशिश करने का अब जरा भी दिल नहीं करता,
अब मेरा दिल किसी से समझौता नहीं करता।
ना चाहते हुए भी मैंने खुद को बहुत बार डूबता पाया है,
रोशनी देखकर भी मैंने खुद को अंधेरे में समाया है।
लोगों की फितरत पढ़ना शायद अब जान रही हूं मैं,
अब इस समाज का नियम शायद पहचान रही हूं मैं।
उलझन में उलझी हूं कुछ इस कदर,
क्या कभी पूरा होगा मेरा यह सफर?

27. गुमशुदा

मोहब्बत ही तो है कर लेंगे, दर्द ही तो है बांट लेंगे।
ऐसा ही सोचते हैं ना हम सभी?
मगर जो सोचते हैं वह होता नहीं है कभी।
जो हम सोचते हैं अगर वही हो जाए तो क्या ही कहना,
फिर तो पूरी दुनिया ही खुश किसी को क्यों पड़े सहना।
किसी के लिए सब करो और वह कदर नाकरे तो वह प्यार नहीं,
तुम खुद को ही खुद से छुपाओ और समझो गलत को भी सही।
घंटो तक इंतजार करना और फिर कुछ ही पल में मान जाना,
खुद से सवाल करके देखो क्या है वह अपना या फिर अनजाना?
दिल की बात अगर वह तुमसे नहीं करता,
माफ करना मगर वह तुम्हें अपना नहीं समझता।
अगर वह सिर्फ जिस्म की चाह रखता है,
तो वह तुम्हारा जीते जी अपमान करता है।
पल में अगर वह तुमसे कह दे कि वह कुछ महसूस नहीं करता,
फिर तुमने प्यार और इज्जत खोकर किया है एक समझौता।
अगर तुम्हारे आंसुओं की हो वह वजह,
फिर मत दो खुद को तुम यह सजा।
अगर सच में वह तुमसे बेशुमार प्यार करता है,
सोच कर देखो फिर वह क्यों तुमसे बेवजह लड़ता है।
छोड़ दो उनको उनके हाल पर, खुद से बस एक सवाल कर।
तुम्हारी लाखों कोशिश भी नाकाम रहेंगी देखना तुम,
गलत इंसान से इश्क करोगे तो हो जाओगे तुम गुम।

28. अनोखे सवाल

लोग कहते हैं क्या लेकर आए थे और क्या लेकर जाओगे,
मैंने कहा एक दिल लेकर आई थी 100 दिल जीत कर जाऊंगी।
मैंने खुदा से पूछा अक्सर अच्छे लोगों के साथ ही बुरा क्यों होता है?
सबके साथ अच्छा करने के बाद भी वह इंसान तकलीफ से क्यों रोता है?
खुदा ने बहुत ही प्यारा जवाब दिया कुछ इस कदर,
गलत में फर्क कैसे करोगे अच्छे हो जाएंगे सब अगर।
हमारी जिंदगी एक खुली किताब की तरह है,
हर कोई इसे नहीं पढ़ सकता उसकी भी एक वजह है।
जो तुम्हारे शब्दों को समझ पाए वह तुम्हारा जिंदगी भर साथ निभाएगा,
जो तुमसे दिल से मोहब्बत करेगा वह तुम्हारा जिंदगी भर के लिए बन जाएगा।
खुदा से फिर मैंने एक अनोखा सवाल पूछा,
क्या किया जाए अगर नहीं चाहिए मुझे कोई दूजा?
खुदा ने मुस्कुराते हुए कहा देखना जिन लोगों की वजह से तुम रोते हो,
1 दिन उन्हीं लोगों का तुम शुक्रगुजार करके सबक लेकर चैन से सोते हो।
वक्त एक ऐसी दवा है जो हर गम को भर देती है,
1 दिन उजाला होगा ऐसा आशा की किरण कहती है।
जिंदगी का बहुत ही टेढ़ा मेढ़ा रास्ता है,
कभी हार मत मानना तुम्हें अपना वास्ता है।

29.Everything is gonna be awsome

I am twinning with the sky blue in colour,
I am my own master not someone's follower.
The sky is telling me to touch it,
I guess my place here doesn't get fit.
Nobody can heal you,
And nobody can feel you.
Let the flowers bloom,
Let the happiness zoom.
Clear your head,
Jump on your bed.
The life is calling you with an open arm,
Let the joy with candies make you warm.
Let go of the things which hurts,
Grab the opportunities dont adjust.
I dont give a damn to sorrows,
Sadness? i will never borrow.
Now put your hand on your chest,
And say loudly to yourself all the best.
Everything is gonna be awsome,
Just enjoy the season of blossom.

30.Life does not bless you with the same person twice

Sometimes i wonder what i have become,
But then i think from where this has come.
Its the stage where i feel nothing at all,
I dont even like to talk to anyone even on call.
At one point i feel not to do anything,
Just disappear from everything.
But then hectic routine hits me hard,
I wish if i could stop this from a magical card.
To have anything you have to loose something,
As you know castle has no use without a king.
You know life always teach you at every stage,
But sometimes it feels like a bird in a cage.
Why can't people treat you the same way you treat them,
Everybody needs to know this leaves will be nothing without a stem.
People hurt you without any reason why?
Can't you trust when you are high?
No matter what others say or do to us,
There will always a route made for your life's bus.
If you have hurt someone badly still they are ready to forgive you then you are lucky duffer,
Life doesnt bless you with the same person twice so idiot dont make them suffer.

31.God has bigger plan than your past,

I don't like to entertain drama,
Because i believe in my karma.
Let the fire in your soul burn your every evil
Be an angel with good heart not heartless devil.
If life has taken many things from you,
Then one day universe will return all that to you.
Just keep yourself calm and wait for the good,
"What's your's will be only your's" understood?
I know sometimes healing is a long process,
So what prepare yourself and play mind's chess.
You know sometimes you have to forgive,
And without any burden you have to live.
Just think of an fish without water,
Dont delay things for later.
Take a deep breath and feel the happiness,
Don't underrestimate yourself by creating mess.
Learn from your mistakes dear,
Enjoy your life don't be unfair.
Sometimes god gift you enough of pain,
He wanted you to become strong and just gain.
Listen i know this world sucks,
But you don't have to give this shit a fuck.
God has bigger plan than your past,
Trust me even bad times can't last.
Don't expect anything from others,
Don't let them make you bother.
Just think its a movie and they all are morons,
And enjoy that with a bucket full of popcorns.
If you have faith in yourself baby you killed it,
You have overcome this bullshit & you thrilled it.
But still i will say one thing loudly,
I have people who cares and i am saying this proudly.
Never ever hurt somebody's emotion,

Put this in your mind as a caution.
Hold someone's hand only if you have intention of never leaving it,
Be with them in every phase of time and make them believe it.
Because no matter how much you enjoy your own company,
At one point of time you need someone to hold u tight and complete your destiny.
Forget all the craps
Free yourself from all traps.

32.The uninvited guest

Oh sweet little creature,
I am fascinated by your feature!!
The way you look so peaceful in my arms,
I don't know how to describe your charms!!
The way you make your noisy sound,
I wish if i could make you stay around!!
I feel so connected only in hours,
How will i make you go far?
But deep down i know i have to say goodbye,
i am letting you go, you are born to fly high!!

33.MAKE YOUR DARKNESS YOUR STRENGTH

Look i know we are not best,
But see we are not like rest.
You know you don't have to be so emotional,
Because then world will treat you as optional.
Let me tell you one thing i know for sure,
Here noone will treat you precious and pure.
You yourself have to define your worth,
Not to them just to your life on this earth.
Sometimes we may regrett things we did,
But you have to open that regretful jar's lid.
See i know i am not good at choosing people,
But still i am moving forward inspired by steeple.
One thing i learned from my past and its true,
Don't put others above you they have big crew.
You will not get whatever you want,
But don't let this make you haunt.
Everything will be which is written in your destiny,
Make your darkness your strengh and don't let yourself feel tiny.

34.LOVE STORY

Sometimes we do right things for the wrong one,
But once you realised that it was wrong then you are done.
In our life we met lot of temprory people thinking that they are permanent,
But soon we get to know that it was just a lie which we tell ourself in beautiful asscent.
If it never stayed with you it was never a true feeling,
It was just something we are trying to make true looking every night at ceiling.
You know just take a lesson from what happened,
As with pasaage of time you will realise this has made you sharpen.
Don't waste your passion on someone who is not worthy,
Just wait for the real one who feels lucky to have you and is earthy.
Once you met the right person you both will be part of each others every glory,
And together you will make a super hit, master blaster, love story.

35.MAYBE WHAT HAPPENED IS FOR BEST!!

You can get what you want you just need right direction for your path,
Dreams will not come true just by imaginations under the shower during bath.
There is a large difference between great love and right love for you little gem.
Great love is when you love someone without any reason and right love is when someone loves you the way you love them.
Did you ever imagine a car without wheel?
Its same like when you can't do what you feel.
When the thunder slams you every time you shine,
Then you just have to stay calm and just feel fine.
If by some things you feel like a freak,
Then you just need a analyzing break.
The blast you suffered mentally will be over,
You yourself will make a way reaching tower.
Its okay to feel what you have gone through,
But its not okay to make that feeling borrow.
You have to let it go off your chest,
Maybe what happened is for best.
You have to see if you can pass this life test,
Make sure you overcome your pain leaving rest.

36.WANT

I just want a little happy family full of peace,
I don't want any obstacle to make it cease.
I just want to have peace in my mind,
So that one day i can make myself find.
I just want to be feel loved and valued,
Rather than feeling like i got used.
I just want a stable future with success,
I just want a smile without any stress.
I just want to be myself and be cool,
Make my mind work and just rule.
I just want someone to stay always by my side,
So that i never have to make myself decide.
I just want a world full of maturity,
Appreciating all my creativity.
I just want to feel that i matter,
And make my past scatter.
I just want to believe in beauty,
And be aware of all my duty.
I just need some rest i hope,
Maybe by this i will have scope.

37.THE FIRST MEET

I still remember the first time we met accidentally,
You were standing in front of me so gently.
It was a christmas evening,
You looked so stunning.
We were just standing It was so cold,
I wish i could make that moment hold.
I thought to look at you but got goosebumps,
My eyes were down and i looked so dumb.
I thought it will be first and last time to see you,
But we met again few hours later again its you.
I still remember the first time you said you loved me and you hold my hand,
My heart was beating like drums and i was shivering unable to stand.
I never knew our journey will start from there,
Now i am just trying to forget by sitting here.
I want to erase all the memories i had,
Because the thought make me so sad.
I no longer believe in love stories & trusting anyone,
I guess the part of me which loved you the most is gone.

38.I DONT BELONG TO THIS GENERATION

This generation literally s*cks,
Everybody here just give f*cks.
Tell me if i am wrong,
Or where do i belong?
Here empires are build on dead bodies,
These people enjoy shows like roadies.
I mean they all has sense at all or not?
For them emotions are only to rot.
Tell me how can you hurt others?
For money they can kill brothers.
Is it funny to laugh on others flaws?
Sad to see that how this society grows.
You know i would like to rest in peace,
But they can make you dead alive with tease.
In today's time nobody should be trusted,
Because even our own can make us bursted.
Here childrens know how to fix hookah in rows,
But they dont know maturity stupid fellows.
Just give this mindset of your's a stop,
Orelse the future here will gonna be flop.
Playing with hearts is cool for them,
They can do anything just for a fame.

39.Fresh start

One day my love you will definetly heal,
And then again you will start to feel.
Trust god he is busy in making your life perfect,
A one with lots of happiness without any defect.
That day everything happened wil make sense,
You will be over from all the past's nonsense.
You will get on the right path soon,
You know there are flaws in moon.
But its beauty is all over the world,
And one day you will also be heared.
Just raise a glass of toast to your story,
Just wait for the right time don't hurry.
You will be the most happy one day i bet,
What i told you now ,did you get?
Listen Just go with the flow sweetheart,
Live, love, laugh and have a fresh start.

40.LET IT GO

Let it go and don't make yourself destroy,
Move forward and atleast just give it a try.
Who knows what you will get in future,
Maybe it will help to make your life nurture.
Just have faith in your destiny,
Because in life you will meet many.
Just forgive them who hurted you the most,
Because by this you will move on at any cost.
I don't blame anyone for the things i suffer,
Coz i was the one to let them control, duffer.
You know thanks to all of them who hurted me,
Now i have learn the bigget lessons of life see.
They taught me that humans have tendency to decieve,
No matter how much love and efforts you put at end pain is recieved.
The pain from which you can't get rid off,
I don't know why it feel like trash kind of.
Then i make myself feel good to make it okay,
But again i feel like cigratte's ash tray.
I litteraly begged them just to love me once,
But they just made my emotions bounce.
One day i will change myself today i announced,
I will make things better playing in pounds.

41.SOMEONE WE NEED

We all need a soul to rely on,
We all need a shoulder to cry on,
We all need someone to choose us over everybody,
We all need the one who loves you even when not ready.
We all need someone at some stage whom we can call our,
We all need the one who will never go far.
We all need our partner to trust us blindly,
We all need them to respect us kindly.
We all need the love we deserve,
We all need the one dying for our curve.
We all need a hand to hold till we die,
We all need one who will never say goodbie.
We need a someone to called us mine,
We all need the one with whom we can shine.
We all need our love to be rare.
We all need our main to just care.

42.I WANT TO GET FREE

Its almost a year since i talk to you,
And now i don't even stalk you.
Today i even deleted all your photographs from my phone's gallery,
I am trying my best to delete all the memories from my mind too and live happily.
Daily i cry not because i want you,
Just coz your memeories haunt me.
I even packed your all gifts in bag and put it somewhere so that i will never see it,
You created in my life such a mess and pain
I guess you make my life a hell of shit.
I loved you once more than anyone,
And you always just hurted me and run.
Every night i regrett that i love you,
Now i don't want anybody near me nothing new.
I did every possible things and even crossed every limit just to be with you always,
But you never saw that and it hurts that you never think of us together enjoying rains.
I just wanted to be with you for me that's all mattered,
But you never cared you never felt gulity and everythig shattered.
Sometimes i want to to run and come to you and ask you why you did this to me why?
But then i control myself because i don't want to get hurt more and make my thoghts fly.
I hate you and will never forgive you till i die,
You don't deserve me i know that still i cry.
You know very well what you did to me,
I am caught in our past but i want to get free.

43.DISAPPEARING WITHOUT CARING

Going to live life with a new ray of hope,
No attachments now only how to cope.
I am going to make it worthy to live,
I believe in good deeds so just give.
Taking myself to the level you can't imagine,
Now there will be only my growth like savin.
This time no more trust without any reason,
Because i know very well about treason.
Just going to put my life back on track,
Going to fill the mistreated and unloved crack.
I am now at the stage where i can say anything,
Because i don't care it feels like nothing.
I will now be me and will be the most happy,
Nobody now can make me feel like crappy.
Now having peace in my life is priority,
I am now rid of people's insanity.
Now its me and only me which matters,
Now i will be my life's creator.
Being happy is my only goal,
I will glow by using charcoal.
Just go away i don't live here anymore,
Don't even try to find me orlese i will roar

44.Rebuilt

I am okay with everything happened now,
Coz i am learning to accept not questioning how.
You know keep you head high with pure heart,
Lets have a wonderful and sparkling start.
Don't think too much let it go baby,
You are awsome and savvy.
You have two choices left with you always,
Either feel wounded or be wise and find ways.
It will feel right on right time so smile,
Just enjoy present don't feel revile.
Make efforts only for yourself dear,
Give yourself all the respect and care.
At one point you will be filled with joy and peace,
Make yourself rebuilt yourself by finding your all piece.

45.NEW SOUL

Yes its true i sleep to escape reality,
I just focus on me and the actuality.
I am living my present to the fullest,
I am having good ones even bestest.
One day i will be the most lucky,
I know i am stupid and freaky.
But i am also passionate for anything i love,
If i want something noone can make me stop.
So cheers to the dedication and motivation,
Humans like me are also part of this generation.
Some lines are more than just a word,
You might never ever aso heared.
Crazy and lazy its all a combination,
Mostly i live in my imaginations.
But dreams this time will be fulfilled,
After knowing me you will be thrilled.

46.IT DOESNT MATTER

It doesn't matter how you feel,
You have to still have your meal.
It doesn't matter that you are hurted,
You should be happy you are not rusted.
It doesn't matter how good you are,
Some will always make you feel far.
It doesn't matter how much you trust,
One day anyone will make you feel lost.
It doesn't matter that you were serious,
Because some will make you anxious.
It doesn't matter that you believe in true love,
One day anyone will make your life tough.
It doesn't matter that you are emotional,
Nobody will give you a helpful call.
It doesn't matter how much pain you suffered,
That will always be hidden and covered.
It doesn't matter that you are broked again and again,
They will always play with your heart & will leave you in bane.
It doesn't matter that you lost your faith in yourself,
Its your life and you have to come out of this by yourself.

47.Where will i arrive

Loving you was my biggest mistake,
To have myself again what will it take.
I don't want to know about you anything,
You almost took my each and everything.
Yes i loved you like nobody, i make you mine,
But you didn't valued it at all and yes its fine.
Because i have a heart more bigger than your's.
I am surviving and making it worthy from core.
Everyone says move on foregt this & that.
Excuse me guyz i am human not any shit.
I can feel and even i feel more than humans,
I am not a robot, i want to break every chains.
I don't even think aur say bad to those who broke my heart,
Because i am not like them i guess i am unique from the start.
Please god just show me a way to live,
I don't even know where i will arrive.
Sometimes i wonder is everyone here is so mean?
Or only you have sent people in my life to just ruin?

48.TREASURE HUNT

Its all perfect just give it a shot,
You are awsome and you look hot.
Yes you have to grow like these flowers,
You have to make the perfect story of your's.
Just have some glow on your face,
Dont compete with fools in race.
You have a bigger version noone can see,
So just click, click, ,click and say cheese.
Juts believe in your heart once for all,
Don't let these stupids make you fall.
You are someone who not anyone can have,
You are some energetic powerful wave.
Just sing like a justin in a bathroom,
Make your worries boom boom.
Say okay its okay its my life and its okay,
You just give it a shot and just pray and pray.
One day you gonna be awsome sweetie,
Lets say go to hell to all the freakyyyyy.
I am now under control only if i want,
Oh my happinesss i am now on a hunt.

49.DARK FEELINGS

Walked a mile and thought where i am going?
I don't know where to go my mind is blowing.
Should i take right or should i take left?
I don't even know for me what is left.
My eyes are searching a path to walk on,
My heart is beating faster and saying come on.
Not able to breathe not able to speak,
Something is killing me inside am i weak?
Feels like soul is leaving the body,
But i am alive and i am even ready.
Heart is still bumping,
Pain inside me is jumping.
Is it normal or i am going to die,
There are so many reasons why?
I want to stop but i can't,
I don't know what i want.
A invisible ray is attracting from far,
Encouraging me to run to star.
I don't want to feel like i am dying,
Why do i am not moving still crying.

50.A CLIMB AFTER FALL

The more you think the more you feel it,
The more you don't think you will deal it.
Now its time to actually see the real you,
You have to make your powerful view.
Nothing is real if you can't see it at all,
Let's look at the life and see it overall.
Don't get scared by falling so hard this time,
Maybe its not fine today but one day it will be fine.
Sometimes we think somethings we love is permanent & stays forever,
But its not true god has defined your destiny more than you think ever.
Just smile even if it's hard to smile,
Just let you make yourself freestyle.
Don't dare to go on that path again,
Because it will only leave the stain.
Keep your head up princess and get up so high after fall this time,
Let's show this world what you actually are and make yourself climb.

www.ingramcontent.com/pod-product-compliance
Lightning Source LLC
LaVergne TN
LVHW050420160726
843469LV00041B/1165

* 9 7 8 9 3 5 4 3 8 4 7 6 9 *